Meyer • Lehmann • Schulze

Die wilden Schulzwerge

Die Klassenfahrt

Bilder von Tine Schulz

Klett Kinderbuch

ES
GESUNDE KÜCHE
COOL
anrufen
Frau Schr
016
Milch
Kaffee
Obst
Seife
Salat
Süsses
KLASSEN-FAHRT 2c
Abfahrt: 13 Uhr
19. MAI
TIROL
Friseur
Do / 10⁰⁰
PAPA
MAMA

„Denk abends an die Zahnspange, ja, Schätzelein?“
„Pass auf, dass du keine Rohmilchprodukte isst!“
„Und jeden Tag die Unterhose wechseln!“
Eltern haben immer viel zu sagen, wenn ihre Kinder auf Klassenfahrt gehen.
Vor allem, wenn es die erste Klassenfahrt ist.
Wie bei der Klasse 2c.

Anton, Selin und Mara haben den Abschied von ihren Eltern schon hinter sich. Helenes Mutter braucht noch ein bisschen. Sie redet auf die Klassenlehrerin Frau Schrock ein.

Helene steht neben ihnen und drückt ihren Kuschelhasen an sich. Ohne den verreist sie nie. Und mit ihm auch nur ganz selten. Aber gleich fährt der Bus.

„Wir sitzen ganz hinten!“, sagt Ferdinand zu Selin. „Und dann: ham njam!“ Er macht ein Schmatzgeräusch.
„Habt ihr Süßkram dabei?“, fragt Sofia.
„Klar“, sagt Richard. „Mir doch egal, ob das verboten ist.“
„Verboten stimmt ja nicht“, sagt Selin. „Nur nicht erwünscht.“
Alle haben einen Notvorrat eingepackt. Obwohl im Elternbrief extra stand, dass Süßigkeiten auf Burg Sonnenstein nicht erwünscht sind.
„Manche Wünsche gehen eben nicht in Erfüllung, leider!“ Selin lacht.

„Alles einsteigen!“, ruft Frau Schrock.
Die Kinder drängeln in den Bus. Sofia, Mara, Selin, Ferdinand und Anton stürmen nach hinten und besetzen die hinterste Reihe.

Der Hortner Tarzan kommt
auch mit.
Er setzt sich ganz vorne
neben Frau Schrock.
Hinter ihnen sitzt Helene
neben Sofias Mutter
Johanna, genannt Jo.
Jo ist eine lustige Mama,
nicht so aufpasserisch.
Es ist in Ordnung, dass sie
dabei ist. Das findet sogar Sofia.

Der Busfahrer lässt den Motor an. In der
letzten Reihe dröhnen die Sitze.
Jetzt geht's los! Alle freuen sich.
Oder besser gesagt: fast alle.
„Du wirst sehen, Helene, es wird toll", sagt Jo
tröstend. „Wie heißt denn dein Hase?"
„Schlafhasi", sagt Helene leise und schluckt.

Hinten knistern die Tüten.

„Kann ich einen Sauren Wurm?“,
fragt Ferdinand.

Sofia hält ihm ihre Tüte hin.

„Wenn ich dafür einen Schlumpf kriege.“

„Nicht alles aufessen, wir brauchen noch was für die Mitternachtsparty!“, erinnert Selin sie und rollt ihre erste Lakritzschnecke auseinander.

„Mitternachtsparty?“ Richard, der vor ihnen sitzt, hängt sich sofort über die Sitzlehne. „Mitternachtsparty!“, sagt Ferdinand. „Wenn du keinen Ärger machst, wirst du vielleicht eingeladen. Aber pst! Das muss geheim bleiben!“

Der Bus rollt in einen großen Hof ein.
Vorne an der Scheune stehen eine große dünne Frau und ein kleiner dicker Mann.
Der Mann lacht. Die Frau lacht nicht. Das sind die Burgbesitzer Herr und Frau Grümm.
Herr Grümm ist Frau Grümms Vater.

Die beiden sind aber keine Ritter.
Sie kümmern sich nur um die Schulklassen, die ihre Klassenfahrt hierher machen.
Als alle ausgestiegen sind, hält Frau Grümm eine Rede:

„Bitte Ruhe! Herzlich willkommen auf Burg Sonnenstein. Ich teile euch jetzt unsere Burgregeln mit.
Ihr dürft nicht im Speisesaal herumtoben.
Nach Beginn der Nachtruhe dürft ihr nicht mehr in der Burg herumschleichen.
Ihr dürft nicht ohne Aufsicht in den Garten.
Ihr dürft nicht auf die Bäume klettern.
Ihr dürft im Garten gerne mithelfen, aber ihr dürft dabei nicht einfach von dem Obst oder Gemüse essen.
Ihr dürft nicht …“

„Was dürfen wir denn?“,
ruft Selin laut dazwischen.
Alle lachen.

Nur Frau Grümm lacht nicht. „Ihr dürft mir jetzt alle eure mitgebrachten Süßigkeiten geben. Ihr wisst ja, Süßigkeiten sind hier unerwünscht. Zucker ist ein Vitamin-B-Räuber. Ihr werdet hier lernen, wie gut gesunde Nahrungsmittel schmecken."

Sie greift hinter sich und holt zwei große Körbe hervor, einen leeren und einen voller brauner Papiertüten.
„Ich sammele jetzt alle Süßigkeiten ein und dafür kriegt ihr was Leckeres, das viel gesünder ist."

Sie geht von Kind zu Kind. Alle müssen ihre Naschsachen in den einen Korb legen und sollen sich dafür aus dem anderen eine braune Tüte nehmen.

Frau Schrock, Tarzan und Jo tauschen vielsagende Blicke. Jo rollt die Augen.
„Das gefällt meiner Mama aber gar nicht“, flüstert Sofia.
„Keinem hier gefällt das“, sagt Anton laut.

„Ihr wusstet es vorher“, sagt Frau Schrock zu den Kindern. „Jetzt macht halt mit. Ist ja nicht für lange. Am Freitag kriegt ihr sicher alles zurück.“
„Am Freitag werden die Kinder das ungesunde Zeug nicht mehr haben wollen“, sagt Frau Grümm.

Richard öffnet seine braune Tüte und würgt. „Möhren! Da bin ich allergisch drauf! Und schrumpelige Apfelringe, wie langweilig! Davon krieg ich Durchfall!“ Er macht ein Pupsgeräusch.

Da muss sogar Herr Grümm ein bisschen lachen. Seine Tochter guckt streng zu ihm hin und will fast etwas sagen. Aber dann teilt sie lieber die Zimmer ein.

Anton, Ferdinand, Mabu und Richard kommen zusammen in ein Zimmer. Nebenan sind Selin, Mara, Sofia und Helene gelandet.

Helene weint, weil sie mit Lara-Maria in ein Zimmer will. „Sonst fahr ich wieder nach Hause“, schluchzt sie.

Sie darf tauschen, und stattdessen kommt Alima.

Betten beziehen ist gar nicht so einfach,
wenn man es vorher noch nie gemacht hat.
Jo, Tarzan und Frau Schrock eilen von
Zimmer zu Zimmer und helfen.

Als Tarzan zu Anton ins Zimmer kommt,
greift ein Bettgespenst nach ihm.
Das ist Mabu im Bettbezug.
Nebenan bei den Mädchen kriegt Tarzan
ein Kissen an den Kopf.
„Das fängt ja toll an mit euch!", sagt
er und schmeißt das Kissen mit voller
Wucht nach Selin.

„Das war Alimas Kissen!",
schreit Selin und schmeißt
ihr eigenes nach Tarzan.
Der schaut es sich an
und wundert sich:

„Schon fertig bezogen, ich muss gar nichts machen!“

„Weil Alima einen Trick wusste“, sagt Sofia.

„Die hat schon hundert Mal ihr Bett bezogen.“

Alima grinst.

An diesem Nachmittag müssen sie noch nichts helfen und noch nichts lernen. Sie dürfen auf der großen Wiese toben und Fußball spielen. Selin und Sofia streifen auf dem Burghof herum und suchen die Kaninchenställe, bis Frau Grümm sie wegschickt.
Auf den Trecker klettern dürfen sie auch nicht.
„Was darf man denn hier überhaupt?“, murrt Selin.

„Morgen dürft ihr Kirschen ernten helfen“, sagt Frau Grümm.
„Aber nicht essen, stimmt’s? Na toll!“
Selins Laune wird immer schlechter.

Als es dann auch noch zum Abendessen Vollkornspirelli mit Tomatensoße gibt, reicht es ihr. „Das schmeckt wie Pappe!“ Selin wirft ihren Löffel in den Teller.
Die rote Soße spritzt bis zu Tarzan.
Bevor jemand etwas sagen kann, springt Selin auf und läuft raus.

Später im Bett ist Selin immer noch motzig. Nach dem Essen haben Tarzan und Herr Grümm ein Lagerfeuer gemacht und Frau Schrock hat auf der Gitarre gespielt und mit den Kindern Lieder gesungen.
Das war ja alles ganz nett. Aber davon ist Selins Laune nicht besser geworden.
Und ihr Hunger nicht kleiner.
Ihr Hunger auf etwas Süßes.

„Ich geh rüber zu den Jungs!“, sagt sie und springt aus dem Bett. „Wir müssen das irgendwie hinkriegen mit der Mitternachtsparty!“
„Wie denn, ohne Süßkram? Mit Möhren?“, fragt Mara.
„Möhren stören“, sagt Selin. „Nein, wir machen jetzt einen Plan, zusammen mit den Jungs. Kommt ihr mit?“

Vier Mädchen im Schlafanzug schleichen sich ins Nachbarzimmer.
Dort sind alle noch wach. Und Ferdinand hat Kekse. Die hat er heimlich behalten.
Sonst sind solche normalen Kekse langweilig, aber jetzt werden sie ganz langsam und genüsslich geknabbert. Die Hälfte der Schachtel ist schon leer.

Selin greift schon nach einem zweiten,
da hält Anton ihre Hand fest.
„Stopp! Ich weiß, was wir machen!“, ruft er.
Alle rücken auf den Betten enger zusammen.
Und Anton erzählt seine Idee.

„Jippie!“, schreien alle, als er fertig ist.
„So machen wir's!“
Sie klatschen sich jubelnd ab.
Vielleicht war das ein bisschen laut.
Die Tür geht auf.

„Was ist denn hier los?!“
Tarzan ist viel strenger als sonst.
Trotzdem wundert er sich, weil die Mädchen
sofort gehorsam ins Nebenzimmer huschen.
Und dabei so fröhlich kichern.

Nach dem Frühstück müssen alle mithelfen, die Tische abzuräumen. Acht Kinder sind dabei besonders eifrig. Sie haben es eilig, denn jeder muss auf seinen Beobachtungsposten.

Anton lehnt am Kücheneingang.
Selin lungert vor der Waschküche herum.
Mara steht im Burghof und übt, den Ball in der Luft zu halten.
Richard ärgert Helene und Lara-Maria im Gang vor dem Speisesaal, aber immer mit Blick zur Tür.
Alima sitzt auf der Wiese in der Nähe des Tischtennisraumes und tut so, als ob sie ein Buch liest.

Mabu und Sofia stehen in der Raucherecke bei Jo und rauchen mit Möhrenstiften, um ihr Gesellschaft zu leisten.
„Was guckt ihr denn immer zur Tür?“, fragt Jo.
„Nur so“, sagt Sofia.
Sie kichert und zieht an ihrer Möhrenzigarette.

Ferdinand ist als Einziger im Speisesaal geblieben.
„Was machst du denn noch hier?“, fragt Frau Grümm. „Das Frühstück ist vorbei.“
„Frau Grümm …, äh …“ Er stottert ein bisschen. „Ich, äh, hab hier noch was. Hatte ich vergessen.“ Und er hält ihr die zerknautschte, halb leere Kekspackung hin.
„Vergessen, ja, ja, das kenne ich“, sagt Frau Grümm und lächelt säuerlich.
„Das ist aber ehrlich von dir, das jetzt noch abzugeben. Ich heb es für dich auf.“
Danke sagt sie nicht.

Sie verlassen gemeinsam den Speisesaal und Frau Grümm geht nach links in Richtung Tischtennisraum. Die Keksschachtel steckt jetzt in der Tasche ihrer Jacke.

Richard folgt ihr unauffällig, bis er Alima sieht. Er pfeift kurz. Alima schaut auf, und als Frau Grümm an ihr vorbeigegangen ist, schlägt sie ihr Buch zu und folgt Frau Grümm ins Freie.

An der Raucherecke spricht Frau Grümm mit Jo über die Zigarettenasche.
„Ist klar", sagt Jo und verdreht die Augen.
Als Frau Grümm weg ist, wendet Jo sich um.
„Nervt die euch auch so? – Huch, Alima, was machst du denn hier? Wo sind denn Sofia und Mabu auf einmal hin?"
Die beiden sind mit Frau Grümm weitergegangen und lassen sich von ihr etwas über den Möhrenanbau erklären.

Auf dem Hof treffen sie Mara. „Danke für die tolle Erklärung!", sagt Mabu schnell und rennt mit Sofia weg.

Frau Grümm war eigentlich noch gar nicht fertig. Sie schüttelt kurz verwundert den Kopf und geht dann über den Hof zum Nebengebäude. Mara dribbelt neben Frau Grümm her, bis sie an der Waschküche ankommen. Dort wartet Selin.

Selin interessiert sich sehr für die Waschmaschine, die Frau Grümm jetzt in Gang setzt. Selin fragt und fragt, den ganzen Weg zurück zum Haupthaus.
Erst am Kücheneingang, wo Anton sich hinter einem Mäuerchen versteckt, sagt sie schnell: „Danke für die tolle Erklärung“, und rennt weg.

Wieder schüttelt Frau Grümm verwundert den Kopf.

waschen
6. Selin
Ziel
5. Mara
4.
Mabu und Sofia

Groses Haus
Start!
1. Ferdinand
7. Anton
Garten
Tisch-tennis
2. Richard
3. Alima

Anton schleicht hinter Frau Grümm in die Küche und duckt sich hinter eine Anrichte. So kann er genau beobachten, wohin sie Ferdinands Keksschachtel legt. Anton sieht einen Korb mit vielen bunten Packungen unten in einem Schrank.
Da ist also das Süßigkeitenversteck!

Jetzt nichts wie raus!
Teil eins ihres Plans hat geklappt.

Anton kommt zu spät in den Garten, wo Herr Grümm der Klasse gerade etwas über die Kräuterspirale und den Gemüsegarten erzählt. Er schleicht sich von hinten dazu und versucht unauffällig an Tarzan und Frau Schrock vorbeizugehen.

Aber die beiden achten gar nicht auf ihn.
Sie stehen ganz am Rand und lächeln sich an.
Und dann nimmt Tarzan ganz kurz Frau Schrocks Hand, und Frau Schrock wirft Tarzan einen Luftkuss zu.
Hat Anton das richtig gesehen?
Sind die beiden ein Liebespaar?
Das kann doch nicht sein!

Anton drängelt sich nach vorne durch bis zu Selin. Er flüstert ihr zu, was er gesehen hat. Selin reißt die Augen auf.
„Die ist doch viel zu alt für den!“, ruft sie laut.
„Selin“, sagt Frau Schrock. „Bitte nicht so dazwischenquatschen. Wer ist zu alt für wen?“
„Äh … die Möhre ist doch viel zu alt für den … Gemüsebratling!“, redet sich Selin schnell raus, denn Herr Grümm hält gerade eine Möhre hoch. Frisch aus dem Boden gezogen.

„Keine Sorge, mein Kind“, sagt Herr Grümm. „Die ist genau richtig. Ihr dürft jetzt alle eine Möhre ernten und die kommen dann direkt in euer Mittagessen.“
Richard würgt laut. Aber dann zieht er an einer Möhrenpflanze.
Das macht ja richtig Spaß!
Richard wird der Möhrenkönig.

In der Küche werden heute tatsächlich Gemüsebratlinge gemacht. Eine Hälfte der Klasse darf beim Kochen helfen. Die anderen müssen etwas lernen. Frau Grümm erklärt ihnen die Nahrungspyramide.

Weil das so langweilig ist, erzählt Selin Sofia leise, was Anton über Frau Schrock und Tarzan gesagt hat.
Neben Sofia sitzt Helene. Sie beugt sich vor.
„Im Bus auch!", flüstert sie. „Da hat sie ihm die Hand aufs Bein gelegt! Ich hab's genau gesehen!"
„Echt?!", fragt Selin.

„Hand aufs Bein! Da ist doch nichts dabei“, brummelt Sofia. „Mach ich dauernd und bin nicht verliebt.“
„Doch! Dann sind die verliebt!“ Selin ist ganz aufgeregt. Ihre dunklen Augen glitzern.

Als Frau Grümm endlich fertig ist, saust Selin herum und erzählt Mara, Alima, Mabu und Ferdinand die Neuigkeiten. Keiner glaubt ihr. Aber beim Mittagessen werden zwei Erwachsene besonders scharf beobachtet.

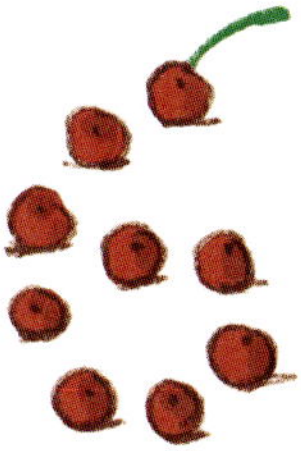

Vor dem Kirschenernten gibt es erst mal wieder ein Verbot von Frau Grümm. Sie dürfen die Kirschen pflücken, aber nicht essen. Jedes Kind darf nur eine probieren. „Wie gemein!“, beschwert sich Selin. „Das ist doch Kinderarbeit, das ist selber verboten!“

Aber das hört Frau Grümm nicht mehr. Sie muss sich um die Wäsche kümmern. Ihr Vater, der nette Opa Grümm, bleibt bei den Kindern.

Auch wenn das Kirschennaschen verboten ist, macht die Sache Spaß. Vielleicht gerade, *weil* das Naschen verboten ist. Mara probiert nicht nur eine, sondern fünf. Dass Kirschen so lecker sein können!

Als Mara die sechste in den Mund stecken will, schaut Opa Grümm zu ihr hin. Schnell zieht sie die Kirsche wieder aus dem Mund und versteckt sie hinter dem Rücken.

„Ach, Mädchen, greif nur zu“, sagt Opa Grümm. „Bei mir dürft ihr das.“ Das haben alle gehört!

Großer Jubel. Jetzt macht das Kirschenernten doppelt Spaß.

Mittendrin kreischt Selin plötzlich: „Da! Seht ihr's? Die küssen sich!" Alle Köpfe drehen sich um. Keiner sieht einen Kuss. Aber alle sehen, wie Frau Schrock lächelt. Und wie ihr Gesicht dabei ein bisschen rot wird.

Beim Abendessen haben viele Kinder
überhaupt keinen Hunger.
Einige sind noch satt von den Kirschen.
Viele mögen einfach nicht so gerne
Grünkernsalat mit kalten Gemüsebratlingen.
Und ein paar freuen sich auf ihre
Mitternachtsparty und wollen dafür noch
Platz im Bauch lassen.

Später am Lagerfeuer soll eigentlich Teil zwei von Antons Plan ausgeführt werden.

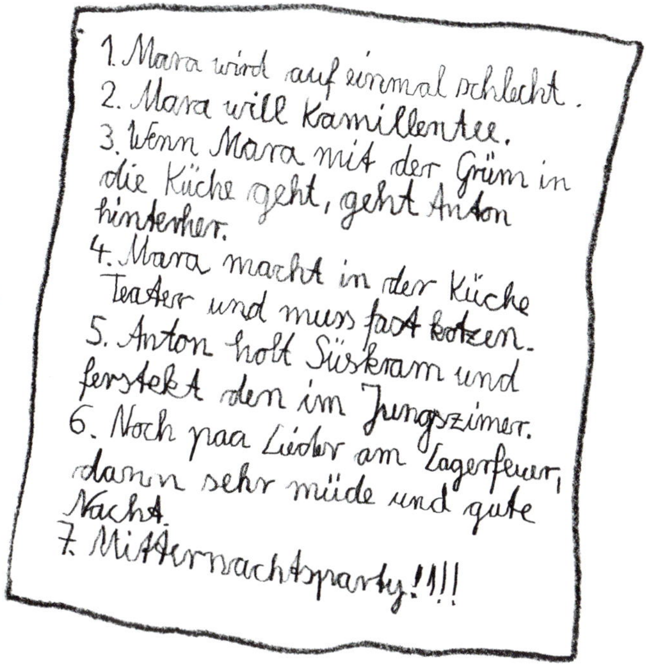

Aber der Plan ist gar nicht nötig.
Mitten in „Die Affen rasen durch den Wald“ fängt Helene plötzlich an zu weinen.
Sie hat Bauchweh.
„Hast du zu viel Kirschen gegessen?“, fragt Jo, während sie Helene vom Lagerfeuer wegführt.
„Nein“, jammert Helene. „Der Grünkernsalat. Da waren Gurken drin. Die darf ich eigentlich nicht.“

Niemand merkt, dass Anton leise hinter ihnen herschleicht.
Frau Grümm schließt die Küche auf, damit Jo einen Kamillentee machen kann.
„Ich glaub, ich muss brechen!“, jammert Helene. Und dann kommt es auch schon.

Frau Grümm und Jo haben jetzt viel zu tun.
Genug Zeit für Anton, die Süßigkeiten zu holen. Alle!

„Sind jetzt endlich alle da und kann's losgehen?", ruft Selin ungeduldig.
Vor ihnen auf dem Boden liegen die süßen Schätze ausgebreitet. Das Zimmer der Jungs platzt fast, denn die ganze Klasse 2c ist da.
Weil die Süßigkeiten in Frau Grümms Korb von allen Kindern sind, sollen auch alle Kinder was davon haben.

Also haben sie abgewartet, bis endlich Ruhe auf Burg Sonnenstein herrschte.
Sie hatten Glück: Als alle Kinder im Bett waren, sind Frau Schrock, Tarzan und Jo noch mal alleine zurück ans Feuer gegangen.
Daher konnten Richard, Mabu und Alima gut von Zimmer zu Zimmer sausen und überall Bescheid sagen.
Danach gab es ein großes Huschen und Flüstern auf den Fluren, und das Zimmer der Jungs wurde immer voller.

„Helene fehlt noch", sagt Anton.
„Die ist auf dem Klo", sagt Lara-Maria.
„Außerdem will sie sicher nichts, ihr war doch schlecht."
„Nein, das hier ist für alle. Ich hole sie",
sagt Sofia und läuft los.

Sie findet Helene auf dem Mädchenklo und überredet sie mitzukommen.
„Du musst ja nicht viel essen. Komm schon, alle sind da“, sagt sie.
„Alle sind wo?“, fragt plötzlich eine Stimme, die Sofia sehr gut kennt.

Da steht ihre Mutter Jo.
Erst kriegt Sofia einen Schreck, aber dann sieht sie die Rotweinflasche in Jos Hand.

„Dürft ihr hier Alkohol?“, fragt Sofia streng.
„Äh, na ja, laut Hausordnung eigentlich nicht …“, sagt Jo.

Sofia weiß, wie man verhandelt.
Sie einigen sich darauf, dass sie sich gegenseitig nicht verraten.
„Viel Spaß!“, sagt Sofia.
„Euch auch!“, sagt Jo.

„Das hätte meine Mama nie gemacht“, sagt Helene auf dem Weg zum Jungszimmer.

8

Die Mitternachtsparty wird ein voller Erfolg. Noch nie haben Mini-Muffins, Schokoriegel, Schlümpfe, Gummibärchen, Lakritz und Saure Würmer so gut geschmeckt! Alle Kinder werden ganz aufgedreht und lustig und vergessen, dass sie leise sein wollten.
Als Richard und Selin dann auch noch Frau Schrock und Tarzan als Liebespaar spielen, quietschen alle vor Lachen.

Plötzlich geht die Tür auf.
„Hier ist ja was los! Dürfen wir mitfeiern?“, fragt Frau Schrock.
Alle rücken noch enger zusammen, damit Frau Schrock, Tarzan und Jo noch ins Zimmer passen. Und Opa Grümm! Der war nämlich auch am Feuer und hat von früher erzählt.

Frau Schrock ist überhaupt nicht böse wegen der Süßigkeiten. Sie greift begeistert in die Tüte mit den Sauren Würmern. „Was hab ich doch für eine tolle Klasse!“, sagt sie. „Organisiert sich einfach selbst eine süße kleine Mitternachtsparty!“

Opa Grümm freut sich, dass es Gummibärchen gibt. „Jetzt fehlt nur noch meine Tochter“, sagt er.
„Aber die ist dann sauer, weil wir uns die Süßigkeiten zurückgeklaut haben“, sagt Selin.
„Ach, so eisern, wie die immer tut, ist sie gar nicht“, sagt Opa Grümm. Und er flüstert Selin etwas ins Ohr.

Kurz darauf geht die Tür wieder auf.
Frau Grümm steht im Morgenmantel da.
Sie sieht müde aus. Und ärgerlich.
Zuerst bleibt ihr der Mund offen stehen, so sehr staunt sie.
Im Jungszimmer wird es ganz still.

„Das ist doch … das ist doch … mein Korb!" sagt Frau Grümm dann.
„Dein Korb mit unseren Sachen drin!", ruft Anton.
„Hier, nimm eine Lakritzschnecke, Frau Grümm!", sagt Selin und hält ihr die Tüte entgegen. „Das beruhigt die Nerven."
Tatsächlich. Frau Grümm greift hinein und schimpft nicht. Ganz langsam rollt sie ihre erste Schnecke auseinander.
Selin und Herr Grümm zwinkern sich zu.

„Und worüber habt ihr vorhin so laut gelacht?“, will Tarzan wissen.
Erst wollen sie es nicht verraten.
Aber dann platzt Selin damit heraus:
„Seid ihr ein Liebespaar, du und Frau Schrock?
Könnt ihr ruhig zugeben, wir wissen alles!“

Wieder wird Frau Schrock ein bisschen rot.
„Ja, sind wir!“, sagt sie und lacht glücklich.

„Küssen! Küssen! Küssen!“, ruft die ganze Klasse.
Jetzt können sie ja gar nicht anders.
Großer Jubel. Sogar Frau Grümm klatscht begeistert mit.

Und die Party dauert noch so lange,
bis alles weggefuttert ist.

„Wie war das Essen?“, fragt Mama beim Abendessen. „Gab’s da auch mal Nudeln?“

„Vollkornnudeln! Eklig! Aber gestern haben wir unsere Mitternachtsparty gefeiert, mit leckeren Sachen – Sauren Würmern und Mini-Muffins und ganz vielen Gummibärchen und …“

„Echt? Da war doch Vollwertkost angesagt und gar nichts Süßes erwünscht.“

„Manche Wünsche gehen eben nicht in Erfüllung, Mama. Die Frau Grümm hat uns alles abgenommen und gesagt: ‚Am Freitag werden die Kinder das ungesunde Zeug nicht mehr haben wollen.‘ Und das stimmte! Wir wollten es heute nicht mehr. Weil es nämlich schon in unseren Bäuchen war!“

„Ich versteh kein Wort. Wer ist denn die Frau Grümm?“

„Oh, die war schlümm, die Frau Grümm. Aber gestern hat sie Lakritz gekriegt, da wurde sie netter.“

„Und wieso hat sie euch was abgenommen, was in eurem Bauch war?“

„Nee, so doch nicht! Erst hat sie uns alles abgenommen. Dann hab ich es wieder geholt, als Helene gekotzt hat, und dann …“

„Ach, die arme Helene! Hat sie zu viel Süßes gegessen?“

„Nein, das war doch davor. Mama! Du kapierst gar nichts.“

„Du erzählst aber auch so wirr. Na, wenigstens war es nicht langweilig.“

„Doch, es war superlangweilig. Nur als Frau Schrock und Tarzan sich geküsst haben, das war nicht langweilig.“

„Echt?! Anton, das ist nicht wahr, oder? Die ist doch viel älter als der!“

„Na und? Du bist auch viel älter als ich und ich küsse dich trotzdem manchmal. – Nein, nicht jetzt! Mama, lass das! Nein heißt Nein!“

Wir danken allen Kindern und Lehrerinnen, die uns von ihren Klassenfahrten erzählt haben.
Ein besonderer Dank geht an Abril, Emil, den echten Ferdinand, Franzi, Henri, Jonna, Konrad, Mathilde, Mattis, Paula, Emil, Bjarne, Phillipp und ihre Eltern.

M. / L. / S. und T. S.

1. Auflage 2017

Umschlaggestaltung der Reihe: Hildegard Müller
unter Verwendung von Illustrationen von Tine Schulz
Illustrationen und Layout: Tine Schulz
Herstellung: Tropen Studios Leipzig
Druck und Bindung: Livonia Print, Riga
Printed in Latvia
ISBN 978-3-95470-156-8

www.klett-kinderbuch.de